L_n^{27} 19260.

RECHERCHES

SUR UNE RÉPONSE ATTRIBUÉE

A SULLY.

L.n $\frac{27}{}$ 19260

RECHERCHES

SUR UNE RÉPONSE ATTRIBUÉE

A SULLY,

ET

REMARQUES SUR QUELQUES LETTRES INÉDITES
DE CE MINISTRE;

LUES A LA SOCIÉTÉ ROYALE DES ANTIQUAIRES, LES 29 MARS ET 9 AVRIL 1824, ET
INSÉRÉES EN VERTU DE SES DÉLIBÉRATIONS DANS LE TOME VII DE SES MÉMOIRES;

PAR M. BERRIAT-SAINT-PRIX.

PARIS,
DE L'IMPRIMERIE DE J. SMITH, RUE MONTMORENCY, N° 16.
1825.

RECHERCHES

SUR UNE RÉPONSE ATTRIBUÉE

A SULLY.

Tout ce qui a rapport aux grands hommes excite de l'intérêt. D'après cette considération, la Société ne jugera peut-être pas indignes de son attention les recherches que je vais lui soumettre sur une réponse attribuée à l'immortel Sully.

Voici ce qu'on lit à la fin de son article dans le nouveau Dictionnaire historique portatif du bénédictin Chaudon, édition de 1771.

« Sully était protestant et voulut toujours l'être, » quoiqu'il eût conseillé à Henri IV de se faire ca- » tholique. *Il est nécessaire*, lui dit-il, *que vous soyez* » *papiste et que je demeure réformé.* Le pape lui ayant » écrit une lettre qui commençait par des éloges de » son ministère, et finissait par le prier d'entrer » dans la bonne voie, le duc lui répondit qu'il ne » *cessait, de son côté, de prier Dieu pour la conversion* » *de sa sainteté.* »

La même anecdote est littéralement répétée dans toutes les éditions données par le même bénédictin; dans celle de 1804 pour laquelle il s'était associé avec Delandine; dans celle de 1812 publiée en 20 olumes chez Prudhomme ; dans celle de 1821 1823 publiée en 30 volumes chez Menard et Desenne ; et, ce qu'il y a de bien plus singulier, dans la traduction italienne de l'ouvrage de Chaudon, où l'on fait dire à Sully, t. 19, p. 239, *che non cessava dal suo lato di pregar Dio per la conversione di sua Santità.*

Les littérateurs, chargés de revoir, soit cette traduction, soit les éditions Prudhomme et Desenne, ont sans doute jugé inutile de vérifier l'anecdote. Ils auront pensé que l'écrivain qui l'avait, à ce qu'il paraît du moins, le premier racontée, et qui l'avait répétée pendant trente années dans une huitaine d'éditions différentes, étant ecclésiastique, devait en avoir bien scruté les sources, car on ne pouvait supposer qu'il eût accueilli avec trop de facilité une répartie propre à tourner en ridicule le chef de l'église ; et ils auront d'autant mieux été portés à le penser, que Chaudon avait imprimé la réponse de Sully en italique, ce qui annonçait qu'il l'avait copiée scrupuleusement sur l'original.

Mais malgré la confiance que méritait, à raison de son état, l'auteur du Dictionnaire portatif, il nous avait toujours paru invraisemblable que le premier ministre du roi très-chrétien se fût permis, de gaîté de cœur, une semblable pasquinade envers le chef de l'église catholique ; que Sully, si zélé pour les intérêts de Henri IV, se fût exposé à mécontenter une cour très-susceptible, dont ce monarque, avant d'être bien affermi sur son trône, avait été contraint de solliciter par des démarches de tout genre, et s'était estimé trop heureux d'obtenir les faveurs, entre autres, pour deux actes importans, son absolution et son divorce, et avec laquelle dans tous les temps il avait eu besoin de vivre en bonne intelligence, afin de contenir les fureurs des ligueurs fanatiques dont il finit par être la victime. (*Voyez, à la fin de ces Recherches, la note A*).

Sully pouvait-il ignorer combien la cour de Rome était attachée à l'étiquette, à toutes les formes qui pouvaient établir la supériorité dont elle était si jalouse? Pouvait-il ignorer, par exemple, que, lors du premier des deux actes cités, l'absolution, on avait employé un appareil extraordinaire, dont la politique aurait pu épargner une partie à l'amour propre du prince réconcilié... Que ses ambassadeurs avaient été obligés de se prosterner aux pieds du pontife entouré de sa cour, et assis sur un trône élevé à dessein devant le superbe portique de la première église de Rome, et d'y recevoir pour lui, dans cette posture, en présence d'une grande multitude de témoins (1), les coups de baguette représentatifs de la pénitence infligée aux pécheurs? (*Voyez, à la fin de ces Recherches, la note B.*)

---

(1) Le procès-verbal de la cérémonie donne les noms (il y en a deux pages) de beaucoup d'assistans (*adstantibus*), et ajoute: *aliisque quàm plurimis personis in maximâ multitudine.*—V. *Ambassades de Duperron, in-folio*, 1625, p. 162, *et à la fin de ces Recherches, la note B.*

Telles étaient les réflexions qui nous avaient fait douter qu'un homme grave, comme Sully, eût si légèrement violé les convenances envers le prince qui devait être le plus attaché à leur observation.

Une circonstance vint fortifier nos doutes. En faisant des recherches pour d'autres points historiques, nous trouvâmes des lettres de Sully qui nous montrèrent qu'il n'avait point, dans le style de sa correspondance, cette âpreté, cette inflexibilité, que, du moins, d'après les rédacteurs de ses Mémoires ou *Economies*, il montrait souvent dans sa conversation et sa conduite; qu'au contraire on y aperçoit une espèce de luxe d'éloges ressemblant même à de la flatterie, qui concorde fort peu avec le ton de sa réponse prétendue au pape. On en aura bientôt la preuve dans les pièces inédites que nous rapporterons. Enfin nous avons découvert une lettre qui a achevé de nous convaincre que l'anecdote répétée dans les dictionnaires a été défigurée.

Avant de la rapporter, il faut rappeler quelques faits nécessaires à l'éclaircissement du point dont nous nous occupons, et observer que, dans les deux recueils où nous puisons plusieurs de nos documens, savoir les Économies royales de Sully (1725, 12 *vol. in*-16), et les manuscrits de Dupuy (*vol.* 194), ils sont entièrement bouleversés quant aux dates.

Jacques Davy – Duperron, évêque d'Évreux, nommé cardinal en 1604, se rendit à Rome à la fin de cette année.

Il s'établit, dès-lors, entre lui et Sully, alors marquis

de Rosny (1), une correspondance régulière, et nous avons, soit dans les mêmes recueils, soit dans les Ambassades du cardinal, une partie des lettres dont elle se compose.

Le 27 décembre, peu de jours après son arrivée, Duperron en donna avis au ministre par une lettre placée au T. VIII des *Économies*, p. 369, et où il fit part à Sully de l'amitié qu'avait conçue pour lui le cardinal Aldobrandin, et lui exprima l'affection que lui portait le pape Clément VIII, et le désir extrême qu'avait sa sainteté de le voir catholique.

Sully répondit au cardinal par une lettre dont l'autographe est au volume 194, déjà cité, f. 167. Nous la rapporterons, quoique peu intéressante, parce qu'elle est inédite, et qu'elle donne d'ailleurs une idée du style louangeur qu'on ne s'attendait pas à trouver dans l'austère surintendant des finances. Il faut toutefois observer qu'excepté la salutation et la signature, tout y est écrit de la main, et que peut-être tout y est aussi de la composition d'un secrétaire; mais nous verrons bientôt que la touche n'en diffère pas de celle de Sully lui-même.

---

(1) Les biographes modernes, tels que Chaudon et Feller, le qualifient de la manière suivante : Maximilien de Béthune, *baron* de Rosny, duc de Sully.. ce qui est inexact après l'année 1599, où cette baronnie fut érigée en marquisat (voyez *Duchesne, Hist. de la Maison de Béthune*, part. I, p. 451); aussi, les lettres de Duperron, dont nous allons parler, sont-elles adressées à M. le marquis de Rosny.

« MONSIEUR,

« La distance des lieux me peut bien priver de la
» douceur de votre compagnie, mais elle ne peut
» empêcher que je n'aie l'honneur de vous entretenir
» par mes lettres, de vous offrir mon très-humble
» service qui vous est acquis il y a long-temps par
» mérite et obligation. Les témoignages que vous
» m'avez donnés de votre amitié depuis plusieurs
» années, et ceux que vous m'avez rendus depuis
» votre séjour à Rome, m'engagent d'autant plus à
» rechercher les occasions de vous faire quelque
» service agréable, et de mettre en effet, quand le
» sujet s'en présentera, l'extrême désir que j'ai de
» me ressentir des faveurs que je reçois de vous
» chaque jour. Mais d'autant que je ne vous peux
» exprimer mes intentions à vous servir, et mes
» vœux pour votre prospérité, que par des paroles qui
» ne peuvent suivre que de fort loin mon affection,
» je ne m'y arrêterai davantage, et ne vous écrirai
» aussi aucune nouvelle de par-deçà, me remettant
» sur la suffisance du porteur qui vous en pourra dire
» toutes les particularités. Je prie Dieu, Monsieur,
» qu'il vous remplisse de son saint esprit, et vous
» conserve sous sa sainte protection.

» Votre très-humble et affectionné serviteur,

» ROSNY. »

On voit que la date a été omise ; ce qui a peut-être déterminé Dupuy à placer cette épître à la suite de toutes les autres, dans le volume 194 ; mais son début annonce évidemment qu'elle fut la première que Sully écrivit à Duperron après son arrivée à Rome.

La prière finale que *Dieu remplisse Duperron de son saint esprit*, est assez singulière. Toutefois on voit qu'elle est conçue en termes assez vagues pour que Duperron ne pût pas la prendre en mauvaise part, surtout étant précédée d'expressions affectueuses.

Les rédacteurs des Mémoires de Sully n'ont point donné la réponse de Duperron, mais on la trouve dans les *Ambassades* de ce cardinal (p. 278 et 279). Elle est datée du 25 janvier 1605, et conçue dans le même style que sa première lettre... Il y parle aussi de la grande considération dont Sully jouit auprès du pape, des cardinaux Bufalo et Aldobrandin, en un mot de toute la cour de Rome... Sully y répliqua par une lettre du 12 mars 1605.

Celle-ci est imprimée, sans doute d'après une minute, dans les *Économies* (*voy.* T. VIII, p. 5.), et se trouve en même temps en autographe, écrit en entier de la main de Sully, dans le manuscrit 194, feuillet 159. Mais la minute semblable à l'autographe quant au fond des pensées, en diffère beaucoup quant à la rédaction qui y est singulièrement boursoufflée.

Nous conjecturons de là que Sully faisait composer ses lettres, au moins les lettres non confidentielles, par des secrétaires (1), et que lorsqu'il n'était pas content du style, il le retouchait en copiant les minutes.

Voici l'autographe de celle-ci :

« MONSIEUR,

« Dès les premiers ans de notre connaissance,
» et que vos vertus et mérites faisant leur office ac-
» coutumé eurent ravi mes sens et gagné mes vo-
» lontés, mon devoir et mon inclination ne me
» laissèrent rien à désirer plus ardemment que la
» possession de vos bonnes grâces, et de pouvoir,
» par effets dignes de mon affection, rendre preuve
» de ma servitude et dévotion, afin de vous convier à
» m'aimer et me tenir pour votre fidèle serviteur. Or
» si depuis, en aucun temps, la fortune favorisant
» mes desseins m'a donné moyen de vous rendre
» quelques services, je me vois à présent réduit en
» mes premières appréhensions, considérant que
» tous ceux que je vous pourrais faire à l'avenir
» sont prévenus par vos bons offices, civilités et cour-
» toisies qui m'obligent à davantage, et tous ceux
» du passé sont effacés par l'excès de vos remer-
» cîmens et reconnaissance. Une seule espérance
» me reste, qui est celle de vous supplier de me
» traiter à la huguenote, et me donner de pure

(1) Cela résulte aussi indirectement de deux lettres écrites au mois d'août 1605, pendant l'assemblée de Châtellerault, et qui sont aux *Économies*, Tom. VIII, p. 256 et 287.

» grâce ce que je ne puis obtenir par mérite, con-
» fessant franchement que tout ce que je vous puis
» offrir vous doit déjà foi et hommage, puisque les
» meilleures parties qui sont en moi viennent de votre
» instruction ou imitation. Continuez donc, Mon-
» sieur, vos faveurs envers celui qui est tout vôtre,
» puisque l'honneur qu'il recevra retourne à votre
» seule gloire. Pour cette raison je suis très-aise de
» la bonne opinion que vous me mandez avoir été
» conçue de moi au lieu où vous êtes. J'essaierai de
» confirmer ce que vous avez publié à mon avantage,
» et de ne tromper les espérances de ceux qui ont
» ajouté foi à votre parole qui sera à jamais mon
» seul oracle, et de laquelle ayant les comman-
» demens s'en tiendra chère l'exécution comme la
» conservation de ma propre vie, et emploierai toutes
» les forces de mon âme pour témoigner à tout le
» monde le ressentiment que j'ai des obligations que
» vous avez acquises sur moi, vous rendant éternel-
» lement toutes sortes de services. Sur cette vérité
» je vous baiserai très-humblement les mains, priant
» le Créateur, Monsieur, qu'il vous augmente en
» toute grandeur, et félicité et santé. De Paris, ce
» 12 mars 1605, c'est

» Votre très-humble, très-fidèle et très-obligé serviteur,

» ROSNY. »

Ici notre correspondance offre une lacune jusques
au mois de juin. Peut-être fût-elle causée par deux

événemens capitaux qui durent absorber Duperron. Le pape Clément VIII, mort dès le 5 mars, fut remplacé le 1er avril par Léon XI; celui-ci mourut le 27 du même mois, et son successeur Paul V fut élu le 16 mai. On conçoit que deux conclaves et les accessoires ordinaires de ces opérations ne durent guère laisser de liberté au cardinal (1).

La lettre par laquelle il paraît qu'il rompit le silence fut écrite le 14 juin, et est insérée aux *Économies*, T. VIII, p. 312. Il y fait d'abord un pompeux éloge de Philippe de Béthune, comte de Charost, frère de Sully, ambassadeur ordinaire à Rome, dont la mission venait de finir. Revenant alors à Sully : « Le pape, lui dit-il, me témoigna hier qu'il voulait » continuer la même affection en votre endroit » qu'avait eue le pape Clément. »

Il le remercie ensuite, 1° de ses bons offices auprès du roi, surtout de sa protection contre ceux qui voulaient empêcher Henri IV de le pourvoir de la charge de grand aumônier à lui promise (2); 2° des services rendus à son frère (Jean Davy-Duperron) ajoutant : « Cela nous oblige l'un et l'autre à

---

(1) Il parle de ces conclaves dans sa lettre du 14 décembre 1605 (*ib.*, T. VIII, p. 368), dont nous parlons nous-même ci-après. Toutefois vers le temps de leur tenue, ou dans l'intervalle qui les sépara, il écrivit au roi diverses lettres rapportées dans les *Ambassades*, p. 288 et suiv.

(2) Il l'obtint en effet en 1606, avec l'archevêché de Sens, et il réitéra, à ce sujet, ses remercîmens à Sully, dans les

» vous servir toute notre vie, et le sens nous man-
» quera plutôt que nous y faillions.» Enfin il demande
sa protection pour un de ses anciens amis arrêté par
ordre du roi.

Les *Économies* contiennent une deuxième lacune
dans la correspondance du cardinal et du ministre ;
mais les *Ambassades* de Duperron (pages 397, 421
et 430) nous fournissent de quoi la remplir, au
moins quant à lui, car on y rapporte trois lettres qu'il
adressa au surintendant les 13 août, 20 septembre
et 4 octobre 1605. Les deux premières contiennent
des protestations de reconnaissance, des offres de
service, des assurances du crédit du ministre à
Rome.... en un mot sont du même genre que les
précédentes (1).

Sully répondit à la troisième (sur laquelle nous
reviendrons tout à l'heure) le 17 novembre, en envoyant au cardinal la lettre où devrait se trouver

termes les plus affectueux. *Voyez Lettre du 19 octobre 1606,
ibid.*, Tom. IX, p. 211.

(1) Il en est de même de plusieurs lettres postérieures au
fait dont nous nous occupons, datées des 20 mars, 2 mai et 12
juillet 1606, et insérées aux *Ambassades*, p. 461, 470 et 494.
On trouve toutefois, dans la lettre du 13 août 1605, un pas-
sage d'un genre tout-à-fait particulier, surtout eu égard à la
dignité de l'écrivain : « Si, dit-il à Sully, si vous étiez en pays
« de *bréviaire*, je vous écrirais des nouvelles de Rome ; mais
« ayant su que vous étiez à l'assemblée de Châtellerault, où
« l'office se dit à l'usage de Genève, je différerai ce devoir jus-
« qu'après votre retour à la cour. »

l'espèce de pasquinade dont nous nous occupons; et voici à quelle occasion il fit sa réponse.

Le pape Paul V avait adressé à Sully, le 5 octobre (1605), par l'intermédiaire du cardinal, un bref écrit en langue latine, comme nous le verrons bientôt.

La traduction en est rapportée, sans annoncer que c'est une traduction, dans les *Économies*, même Tome VIII, p. 357.

Après des éloges, soit de Philippe de Béthune-Charost, qu'il avait connu étant cardinal, soit de l'ancienneté et illustration de la maison de Béthune, le pape exhorte Sully à se faire éclairer des vérités de la religion; il lui propose pour modèle un saint Alpin qui était de la famille Béthune (1); il l'invite à consulter ce qu'ont enseigné saint Denis, saint Remi, saint Hilaire, saint Martin et saint Bernard qui ont prêché le christianisme en France, pour s'assurer que leur doctrine ne diffère pas de celle de l'église romaine; en un mot « nous prions, lui dit-il, l'Eter-
» nel qu'il veuille illuminer votre entendement de
» la clarté de son saint esprit, afin que plus faci-
» lement vous puissiez parvenir à la connaissance de
» la vérité de la foi catholique. Certes, si, entre les
» grandes occupations du pontificat, il nous était

---

(1) Moreri, dans sa *Généalogie des Béthunes* (à ce mot), cite trois ou quatre *Alpins* de Béthune, sans annoncer qu'aucun ait été canonisé; mais Duchesne, part. I, p. 403, dit que, d'après une tradition, saint Alpin, évêque de Châlons, passe pour avoir été de cette famille.

» permis d'ajouter notre industrie et notre propre
» labeur à nos prières, nous n'omettrions rien de
» ce qui pourrait servir à votre *conversion*. »

Voilà un vœu bien formel, bien littéral pour la *conversion* de Sully. Voyons si celui-ci y répartit par un vœu également formel, et littéral de conversion, comme le disent nos biographes. Au début de sa réponse, qui est au même Tome VIII des *Économies*, p. 363, il se confond en remercîmens de l'honneur que le pape lui a fait par son bref, et en protestations d'obéissance. « J'ai espéré, poursuit-il, que votre
» piété et clémence auraient agréable d'accepter les
» vœux de mon bien humble service, et que je dé-
» diasse mes jours et ma vie pour être employés sous
» son obéissance, quelque inutile que je lui puisse
» être, protestant néanmoins que si mon malheur
» me prive du moyen de proportionner mes services
» à mon devoir et à ma dévotion, mes désirs de par-
» venir à cette félicité demeureront éternels, et que
» je publierai en tous lieux votre gloire et louange
» immortelles, rendant mille grâces à votre sainteté
» des belles admonitions qu'il lui a plu me faire, et la
» suppliant en toute humilité de ne trouver mauvais,
» si estimant ne pouvoir faire aucune action plus
» louable qu'en imitant les vôtres, j'adresse mes très-
» ardentes prières à ce grand Dieu, créateur de
» toutes choses, afin qu'il lui plaise, étant le père
» des resplendissantes lumières, assister et illuminer
» de son saint esprit votre zèle et béatitude, et lui
» donner de plus en plus entière connaissance de sa

2

» vérité et bonne volonté, en laquelle consistent le
» salut et la félicité éternelle de toutes créatures,
» baisant en cette dévotion très-humblement les
» pieds de votre grandeur et sainteté, comme celui
» sur qui elle a acquis toutes sortes de très-étroites
» obligations, et qui désire conserver à l'égal de
» sa vie la qualité de votre très-humble, et très-
» obéissant et très-fidèle serviteur. »

A Paris, ce 17 novembre 1605.

On voit maintenant si, comme le rapportent les biographes, Sully a mandé crument au pape qu'il ne *cessait de prier Dieu pour la conversion de sa sainteté.* Il est bien vrai que son avant-dernière phrase est tournée avec assez d'adresse pour qu'on pût en induire que tel était au fond la pensée du ministre; mais elle est aussi conçue en termes si généraux, que le pape pouvait la prendre dans un autre sens, et dans un sens plus favorable; et assurément le pape ne pouvait recevoir, comme une injure, le vœu que Dieu l'assistât du Saint-Esprit, et lui donnât de plus en plus entière connaissance de sa vérité...

Mais ce qui prouve que Sully était bien éloigné de vouloir rien exprimer qui pût blesser même indirectement le souverain pontife, c'est l'inquiétude qu'il éprouva en envoyant sa réponse au cardinal Duperron qui, en lui faisant passer le bref, lui avait écrit en ces termes (Voyez *Ambassades*, p. 420) :

« Monsieur, le pape vous écrivant, si je me vou-
» lais mettre en effet de vous écrire, ce serait

» comme si une petite étoile voulait luire là où luit
» le soleil. Et pourtant ce mot ne sera pas une
» lettre, mais seulement une adresse de la lettre du
» pape, laquelle je me promets que vous recevrez
» avec la même affection que sa sainteté vous l'en-
» voie, qui est très-grande, et accompagnée d'une
» singulière estime de vos vertus, dont la renommée
» ne raisonne pas moins ici qu'en France. Il désire
» que Dieu en ajoute une pour comble et couronne
» de toutes les autres, et moi je le désire avec
» d'autant plus de sujet, que les offices que j'ai reçus
» de vous m'ont rendus pour jamais, Monsieur,

» Votre très-affectionné et très-obligé serviteur,

» J. cardinal DUPERRON. »

» De Rome, ce 4 octobre 1605. »

Voici la réponse de Sully, encore inédite, et dont
l'autographe est au même manuscrit, n° 194, f. 161.

« MONSIEUR,

« J'ai vu le soleil et l'étoile que vous avez fait luire
» à mes yeux. J'avoue bien qu'il y a de la différence
» entre ces deux lumières, mais je doute néanmoins
» que la petite n'ait fait parvenir la splendeur de la
» grande jusques à moi. Car d'attribuer la faveur si
» extraordinaire que j'aie reçue du pape à aucune
» autre considération qu'à vos bons offices, ce serait
» trop ouvertement dérober l'honneur qui en doit
» être attribué à votre seule courtoisie. En récom-
» pense de laquelle je ne puis désirer autre chose,

2 *

» sinon de vous voir éclairer continuellement de la
» clarté céleste qui, seule, peut donner la félicité que
» je souhaite à tous mes amis. J'écris au pape en ma
» langue, n'ayant assez d'expérience en la latine, et
» ne réponds point à sa théologie faute de science ;
» mais comme j'essaie par mes paroles à lui témoi-
» gner mes ressentimens, aussi vous supplierai-je
» de lui confirmer par les vôtres les assurances de
» mon très-humble service. Je me suis trouvé un
» peu empêché sur la forme que j'avais à tenir en
» lui rendant réponse ; car, d'une part, j'aimerais
» mieux mourir que de l'offenser ; m'ayant tellement
» obligé et honoré, comme il l'a fait, par actes (1),
» par paroles et par écrits. D'ailleurs il me fâcherait
» fort aussi de perdre créance, où il est besoin que
» je la conserve tant pour le service du roi que
» pour le repos de l'état, comme depuis peu
» les occasions en ont rendu des témoignages suffi-
» sans (2). J'ai donc écrit au pape en la sorte que
» vous l'apprendrez par la copie ci-incluse de la
» lettre que je lui adresse ; et, pour la suscription, je
» l'ai mise telle que j'ai accoutumé de l'écrire aux
» empereurs et aux rois, et même au roi auquel
» écrivant je mets seulement sur ma lettre *au roi* et
» non *à mon roi*, ni à *notre roi ;* ainsi, sur celle que
» j'adresse au pape, je mets simplement *au très-saint*
» *père le pape* et non à *notre très-saint père le pape.* Et

(1) Voyez à la fin de ces Recherches la note E.

(2) Voyez à la fin de ces Recherches la note C.

» maintenant donc c'est à vous à juger si cette diffi-
» culté doit empêcher que ma lettre ne lui soit pré-
» sentée ; auquel cas je vous prie plutôt de la retenir,
» que non pas de rien faire en cela qui lui puisse être
» désagréable , ne pouvant, pour mon particulier,
» suscrire autrement mes lettres pour beaucoup de
» considérations.

» Quant aux assurances que vous me donnez de
» l'affection de M. le cardinal Aldobrandin, il faut
» aussi que je vous en fasse un honeste remercîment.
» Ne doutant point que vous ne m'ayez autant aidé à
» la conserver comme j'ai toujours essayé de me l'ac-
» quérir ; et, afin qu'il sache combien je suis sensible
» à ses faveurs, je vous prie l'assurer que je n'ai rien
» au monde qui ne soit en la disposition de ses vo-
» lontés ; vous pouvez croire aussi le semblable pour
» vous-même ; et, pour ce qui concerne l'affaire du
» sieur de Marcmont, ne doutez point de cette chose
» qui ne tire à conséquence, que je n'y apporte tout
» ce qui peut être dû à votre recommandation et à son
» mérite. C'est en de meilleures occasions que vos
» amis se peuvent prévaloir de mon assistance, et
» pour votre particulier j'aurais un extrême déplaisir
» si, en toutes celles qui s'offriront jamais, vous ne me
» teniez pour,   Monsieur (1),

                » Votre très-humble et très-fidèle serviteur,

                            » ROSNY.

» De Paris, 17 novembre 1605. »

_____

(1) Il paraît qu'à raison de sa qualité de ministre d'état,
Sully se regardait comme égal à Duperron, quoique celui-ci

« *Il ne sera point besoin que personne puisse avoir*
» *copie de la lettre que j'écris au pape* (1). »

On aperçoit dans cette lettre que Sully était
attaché a sa religion ; mais on voit aussi que des motifs temporels, tels que celui de l'utilité dont il pouvait
être au roi et à l'état, au moyen de sa créance,
étaient au moins jusques à un certain point au nombre
des élémens de sa conviction religieuse *(voyez ci-
après la note D)*. Avec une pareille disposition d'esprit on est bien loin du fanatisme, et il n'y a, nous en
sommes persuadés, qu'un protestant fanatique qui,
en répondant au pape, eût pu employer les expressions rapportées par les biographes.

Aussi apprenons-nous que Paul V prit les vœux de
Sully dans le sens le plus favorable. « Votre réponse,
» lui manda Duperron le 14 décembre (*Économies*,
» Tom. VIII, p. 366), a fait merveilles. Le pape a
» pris un contentement non pareil à sa lecture, et croit
» qu'elle lui a apporté un des plus grands plaisirs
» qu'il ait eus depuis son pontificat... Il la lut avec moi
» par trois fois s'écriant... que vous lui faisiez trop
» d'honneur, qu'il vous était trop obligé, et ne pou-

---

fût cardinal. On voit en effet qu'il emploie toujours envers lui
l'expression *monsieur*, tandis que son frère, Philippe de Béthune-Charost (*voy.* ci-devant, p. 14), dans plusieurs lettres
autographes adressées à Duperron (*voy.* même mss. 194, f. 168
à 181), emploie toujours le *monseigneur*.

(1) Ce qui est en *italique* après la date, est de la main
de Sully ; le reste est de la même main qui a écrit la lettre
rapportée ci-devant, p. 10.)

» vant se lasser d'estimer votre style, et de dire :
» Voilà une belle lettre, de belles considérations, de
» belles paroles, etc, etc. (1). »

Une autre circonstance montre aussi que le pape
prit réellement les vœux de Sully dans un sens où
ils ne blessaient pas les bienséances. Au bout de deux
ans (le 13 novembre 1607), il lui adressa un second
bref, où, après l'avoir remercié des services qu'il
avait rendus au cardinal Barberin, pendant une
mission auprès de Henri IV, il lui réitéra ses anciens
vœux de le voir rentrer au giron de l'église, l'in-
vitant encore à se faire instruire, et lui citant de
nouveau l'exemple de saint Alpin de Béthune, etc.,
etc. — Voyez *Économies*, T. IX, *p.* 406 *et suivantes.*

Le zèle religieux de Sully ne fut point aigri de cette
insistance. Loin de là, il s'abstint même, dans sa réponse, d'expressions qui pussent prêter à deux sens
différens, et donner à entendre qu'il faisait aussi des
vœux pour que le pape changeât d'opinion. A des remercîmens empressés de l'honneur que lui fait le
pape, et à des protestations de zèle, d'obéissance,
d'envie de rendre service, etc., etc., il se contente
d'ajouter qu'il invoque soir et matin la vertu divine,
afin, dit-il, « que la multitude de mes offenses soit
» surmontée par l'infinité de ses compassions. » En

_____

(1) Cette lettre n'est pas aux *Ambassades,* mais on y a in-
séré, p. 443 et 445, deux autres lettres écrites le même jour
par Duperron, au roi et à Philippe de Béthune, et où sont à
peu près les mêmes choses relativement à ce que dit le pape à
la lecture de la réponse de Sully.

un mot, il insinue, et encore avec adresse, qu'il persiste dans sa créance, sans rien dire qui ait rapport à celle du souverain pontife.

Nous terminerons ici cette discussion. Nous ne nous proposions pas d'abord de lui donner, ni à beaucoup près, autant d'étendue, vu son peu d'importance; mais nous avons été entraînés par le plaisir de nous entretenir de Sully, de ce grand homme qui fut, et le principal ministre, et l'ami le plus dévoué de Henri IV. D'après cette considération *et à l'ouïe* de tels noms, vous nous dispenserez sans doute de vous donner de plus amples excuses.

NOTES.

A. *Note renvoyée de la page 7, ligne 8.*

On sait que Henri IV fut sans cesse en butte aux fureurs des anciens partisans de la ligue. Nous pourrions appuyer les récits que font à ce sujet les historiens, tels que de Thou (*ad ann.* 1599, liv. 123, n° v, édit. de 1733, et M. Dufau, *Histoire de France*, p. 443, T. IV, publié en 1820), de plusieurs preuves que nous ont offertes les ouvrages que nous avons consultés pour nos Recherches.

Par exemple, au volume 194 des Mss. Dupuy (*voy.* ci-devant, p. 8), il y a, f. 88 et 89, deux lettres écrites à Henri, les 2 mars et 23 octobre 1599 (six ans après son abjuration, et quatre ans après son absolution), où les chanceliers de Chiverny et de Bellièvre lui parlent, l'un de divers prédicateurs séditieux, tels que capucins, bénédictins, etc., et l'autre, « d'un religieux auquel le lieutenant de Coucy fait le procès, touchant certaines paroles qu'il a dites, qui concernent la *vie* de votre majesté.... »

Au feuillet 234 est une autre lettre écrite vers la fin de 1597, où un agent secret, que Henri avait en Flandres, lui signale « un désespéré chanoine de Saint-Quentin, parti hier avec intention d'entreprendre, sur la vie de votre majesté........... Les auteurs de pareilles entreprises, poursuit-il, sont encore après dépêcher un prêtre et un jacobin pour même fait, lesquels ils ensorcellent de leurs promesses, etc. »

Henri lui-même, dans les instructions données le 9 mai 1595, à Duperron et D'Ossat, pour solliciter son absolution à Rome (*voyez* ci-après la note B, vers la fin), se plaignait déjà de ce que « ses ennemis ne cessaient journellement de machiner contre sa vie », et chargeait ces deux ambassadeurs ou procureurs d'en parler au pape. (Voy. *Ambassades* de Duperron, p. 136).

Enfin D'Ossat parle, dans une lettre du 5 novembre 1596, de projets d'assassinats, qu'on lui avait dénoncés. (*Voy. Lettres de id.*, in-8°, 1627, p. 315).

B. *Note renvoyée de la page 7, ligne 24, relativement à la cérémonie de l'absolution.*

Jean Botero, de Bène, en Piémont, ancien secrétaire du cardinal Saint-Charles-Borromée, publia en italien une relation de cette cérémonie (1), qui fut traduite en latin et imprimée à Cologne en 1596, in-4°, sous ce titre singulier : *De authoritate et potentiâ summi Pontificis.... victoriâque Clementis octavi... de Henrico quarto Galliarum rege gloriosè triumphantis;* et l'on y joignit une gravure où Clément est représenté assis sur son trône, entouré de sa cour, et touchant avec une baguette les deux ambassadeurs prosternés à ses pieds.

Le président de Thou (liv. 113, à la fin) se plaint de l'infidélité du traducteur ou éditeur de Cologne, entre autres, en ce qu'il suppose que le pape avait frappé les ambassadeurs français d'un bâton. *Fustibus cæsos*, ce qui, observe le président, *maximè apud nos contumeliosum ducitur;* tandis que, selon le récit du président, pendant le chant du *Miserere* qui précéda le prononcé de l'absolution, le pape s'était contenté, à chaque verset, de les toucher légèrement d'une petite verge, *ad cujus singulos versiculos virgulâ, leviter supplices procuratores tangebat.*

On lit en effet cette phrase bizarre dans l'ouvrage de Cologne, *Pontifex cum fuste legatorum terga et humeros turbavit.* Mais l'éditeur de Cologne, dont la relation était rédigée, dit-il, et d'après l'ouvrage de Botero, et *ex scriptis fide dignis,* avait peut-être eu connaissance d'un *instrument* ou acte particulier dont les ambassadeurs empêchèrent l'annexe à la bulle d'absolution, comme on le voit dans une lettre écrite par

_____

(1) Elle avait eu lieu le 19 sept. 1595. Voy. D'Ossat, *lett. du même jour,* p. 134.

D'Ossat, le 17 octobre 1596, au secrétaire d'état Villeroi (voy. *Lettres de id.*, p. 307.) « La seconde chose, observe-t-il, qui nous dépleut en cet instrument de l'inquisition, fut la trop grande et hyperbolique expression qu'il faisait, en disant que lorsque les chantres chantaient le psaume *Miserere mei*, le pape, à chacun verset, *verberabat et percutiebat humeros procuratorum, et cujuslibet ipsorum, virgá quam in manibus habebat*. C'est une cérémonie qui est au pontifical, laquelle nous ne sentions non plus que si une mouche nous eût passé par-dessus nos vêtemens ainsi vêtus comme nous étions, et néanmoins, à voir cette écriture, vous diriez qu'il nous en dût demeurer toutes les marques sur les épaules. Or la bulle qui fut faite avec notre participation, comme dit est, passe cela sous silence, ne disant autre chose sinon que le roi fut absous en la forme accoutumée par l'église. »

Le véritable procès-verbal joint à la bulle et imprimé dans la suite avec les *Ambassades* de Duperron, justifie l'assertion de D'Ossat, puisqu'on s'y borne à ces termes (p. 174), *procumbentibus humi eisdem legatis.... antè pedes suæ sanctitatis.... et solemnitatibus assuetis, dum cantores cantabant psalmum Miserere, etc.*.. Aussi D'Ossat, à qui un malentendu avait fait croire qu'on y avait en outre annexé l'instrument ou acte ci-dessus, fut-il transporté de joie lorsque dans la suite il reconnut son erreur. « J'en eusse, dit-il (*lettre du 19 novembre* 1596, p. 319), porté deuil au cœur toute ma vie; car il me semblait déjà qu'à cette affaire de si grande importance, qui, par la grâce de Dieu, avait été heureusement conduite, était advenu sur la fin à son dernier acte, comme à un bel homme et bien formé, qui aurait reçu une trop laide balafre en son visage, laquelle l'aurait tout difformé. »

De Thou reproche encore à l'éditeur ou traducteur de Cologne d'annoncer qu'on avait élevé à Rome une colonne en mémoire de la cérémonie et de représenter Duperron et D'Ossat dans son estampe, en manteau, l'épée au côté.... Comme dans l'exemplaire qui est sous nos yeux il n'est pas question de la colonne, et comme le seul D'Ossat y a le costume de cavalier, il est à présumer que cet exemplaire est d'une seconde édition rectifiée. Du reste, De Thou bornant là sa censure, il est aussi à présumer que la relation de Cologne était conforme pour le reste à celle de Botero; d'autant que De Thou répète presque en mêmes termes ce qu'on y rapporte de la cérémonie.

Puisque nous en sommes sur ce point, en notre qualité de jurés-peseurs de diphtongues dans les questions tenant à l'histoire, nous relèverons une légère inadvertance commise par M. Dufau dans sa transcription guillemetée des conditions d'absolution souscrites par les deux ambassadeurs.

Voici comment l'article premier en est conçu suivant lui (*Tom. IV, p.* 196). « Que le cardinal et le sieur D'Ossat, comme procureurs pour le roi, prêteront serment d'obéir aux commandemens du Saint-Siége. »

Dans les *Ambassades* de Duperron, où M. Dufau annonce (p. 199) avoir puisé les divers articles, il y a tout simplement *qu'ils* prêteront... Il n'y a point, il ne pouvait point y avoir que le CARDINAL *et le sieur D'Ossat,* parce que Duperron ne fut admis au sacré collége qu'au bout de neuf ans, ou en 1604 (*Voy. ci-dev., p.* 8).

Cette inadvertance est d'autant plus étonnante que M. Dufau rapporte aussi un peu plus loin (*Ib. p.* 456) la réponse plaisante faite à Henri par Sully, cinq ans après l'absolution, et à la suite de la conférence théologique de Fontainebleau, où Duplessis-Mornay, surnommé le pape des huguenots, avait été battu par Duperron. « Eh bien! que vous semble de votre pape? —Il me semble, Sire, qu'il est plus pape que vous ne pensez; car ne voyez-vous pas qu'il donne un chapeau rouge à l'évêque d'Evreux (1) ? »

_____

(1) Cette réponse prouve la perspicacité de Sully. Un des officiers de l'ambassade de France à Rome, en félicitant Duperron sur sa promotion, lui dit (Lettre du 9 juin 1604, *Ambassades,* etc., p. 203), qu'elle était due

M. Dufau ($Ib., p.$ 196) exprime sa surprise de la nature de quelques-unes des conditions de l'absolution, et entre autres des pratiques monacales (c'est son expression) auxquelles on y soumet le vainqueur de Coutras, d'Arques, d'Ivry et de Fontaine-Française (2). Il veut sans doute parler de l'article 11e, par lequel le roi est obligé de dire chaque jour son chapelet, les jeudis les litanies, et les samedis le rosaire de Notre-Dame. D'après cela, M. Dufau a dû être bien plus surpris à la lecture de la proposition primitive, puisqu'on y exigeait que le roi récitât les samedis tout l'office de Notre-Dame, pénitence à laquelle le pape, dit Duperron ($suprà, p.$ 106), ne substitua le rosaire que sur l'observation des ambassadeurs, que l'office serait trop long et trop mal aisé pour sa majesté.

C. *Note renvoyée de la page* 20, *ligne* 19, *relativement à ce que Sully dit, dans la lettre du* 17 *novembre* 1605, *que les occasions ont depuis peu rendu témoignage de l'utilité où il est à l'état par sa créance.*

Ceci est évidemment une allusion aux services qu'il venait de

---

principalement à l'instruction de Sa Majesté et à la *confutation du sieur Duplessis.*

Dans le fait, il est assez extraordinaire que des deux représentans de Henri en 1595, pour son absolution, le premier, ou Duperron, de famille noble, et alors déjà évêque (d'Evreux), n'ait obtenu le chapeau que six ans après le second (Arnaud d'Ossat, nommé cardinal en 1598), qui était d'une famille obscure, et pourvu d'une simple abbaye (celle de Varennes).

(2) La nouvelle de cette victoire (30 juin 1595) arriva pendant qu'on négociait l'absolution (Voyez *Lettres de D'Ossat,* du 29 juillet 1595, p. 127, 128), et dut avoir une heureuse influence sur le traité, du moins d'après diverses remarques semées dans la correspondance de D'Ossat, remarques un peu étranges pour un aspirant au sacré collége; entre autres celles-ci:

La prospérité du roi lui esf suffrage plus puissant que toutes les brigues « et menées (*lettre du* 20 *mai* 1595, p. 108).... La reprise d'Amiens, dont « vous donnez espérance, servira à cent mille autres choses plus grandes; « mais elle aidera encore beaucoup à ceste-ci et à toutes autres que vous « voudrez obtenir à Rome où les affaires du roi iront toujours selon qu'on « les verra aller en France et aux environs; maxime très-véritable, et « par sa nature, et par les humeurs de cette cour infaillible. »

rendre en présidant et dirigeant, comme commissaire du roi, l'assemblée générale des députés des provinces protestantes, tenue à Châtellerault aux mois de juillet et d'août. Cette réunion avait inspiré beaucoup d'inquiétudes à Henri. Il craignait que les réformés ne cédassent aux insinuations, soit des souverains étrangers, soit des grands de France mécontens (du maréchal de Bouillon, par exemple), et ne cherchassent à former une ligue étroite avec eux et à en choisir un pour leur protecteur, etc., comme cela est aussi exposé dans une lettre écrite au roi par le cardinal Duperron (Voy. *Ambassades*, p. 412), le 7 septembre précédent (1605). Sully, par sa sagesse, sa fermeté, son crédit, etc., parvint à déjouer tous les complots et à engager les protestans à se contenter d'une prorogation pendant quatre années du temps pendant lequel on leur avait promis des places de sûreté. On trouve de tres-grands détails à ce sujet, mais disposés avec beaucoup de confusion, dans les *Economies*, tom. VIII, p. 180 à 3oo. On y voit aussi, surtout par la lettre du roi, du 12 août (p. 291), combien il fut satisfait de la manière dont Sully avait rempli cette mission épineuse (1). Au surplus, on peut juger de sa difficulté, parce que Sully écrivait de Châtellerault (*Lettres citées ci-devant*, *p. 12, à la note*), qu'il n'osait pas confier à ses secrétaires la correspondance relative à cette assemblée.

Nous disons ci-dessus une *allusion*; c'est que Sully n'avait pas besoin de s'expliquer plus positivement avec le cardinal, puisque le cardinal était au courant de toute l'affaire et venait même (Voy. *Id.*, *Lettre du 20 septembre*) de l'expliquer au pape, de telle sorte que S. S. avait été très-aise de *la façon dont Sully s'y était comporté*.

---

(1) Le roi parla aussi de sa satisfaction dans une lettre écrite à Duperron, à Rome (Voyez Lettres de celui-ci, du 20 septembre 1605, aux *Ambassades*, p. 420).

D. (*Note renvoyée de la page 22, ou remarque sur les motifs temporels de la conviction religieuse de Sully*).

Ce que nous avons observé à ce sujet, p. 22, nous paraît résulter non seulement de ce que dit Sully du besoin de conserver sa créance pour le service du roi et le repos de l'état (*Voy. p 20*), mais encore de sa recommandation que sa réponse au pape ne soit pas communiquée. Il est clair qu'il craignait que ses protestations de service, ses expressions obséquieuses, etc., envers le Saint-Père, ne lui fissent perdre de son crédit auprès des réformés ; et une preuve assez manifeste que telle était sa crainte, c'est qu'il ne se borna point à la même recommandation, mais il fit écrire au cardinal que le roi désirait le même secret, comme cela résulte des deux lettres adressées au roi et au secrétaire d'état Villeroi par le cardinal, le 14 décembre 1605 (Voy. *Ambassades*, p. 443 et 444). On lit dans la première :

« Quant à la lettre de M. de Rosny, de laquelle il a plu à V. M. me faire mander qu'elle désirait que je la tinsse secrète, S. S. m'a promis que nul ne la verra ni n'en aura copie, ni même ne saura qu'elle lui ait été écrite. Et pour mon particulier, je supplie très-humblement V. M. de croire que, de mon côté, il n'en arrivera point de faute. J'ai le silence pour ce regard en trop grande recommandation, reconnaissant combien il importe que telles choses soient tenues secrètes. Et lors même que le pape lui écrivit, je fus si scrupuleux que je n'en communiquai rien à personne, ni ne l'écrivis pas même à V. M., ne sachant si M. de Rosny voudrait qu'elle l'apprît d'aucun autre, premier que de lui. »

« Monsieur, dit-il dans la seconde, j'ai observé ce que vous m'avez écrit du silence que le roi désire être gardé au fait de la lettre de M. de Rosny, laquelle le pape m'a promis que personne ne verra ni n'en verra parler. En mon particulier il n'en arrivera aucune faute de mon côté. Ce respect, et l'incertitude où j'étais si M. de Rosny voudrait que le roi le sceut d'autre part que de la sienne, m'avait fait abstenir d'en donner même avis au roi. »

E. (*Note renvoyée de la page* 20, *au sujet de ce que dit Sully, que le pape l'a grandement* obligé *par actes, etc.*

Nous n'avions pas compris comment le pape avait pu *obliger par actes* un calviniste tel que Sully, lorsque, pendant la lecture de nos Recherches à la Société des Antiquaires, un de ses membres les plus éclairés observa que Sully faisait sans doute allusion aux services que le pape lui avait rendus en approuvant tacitement, soit la jouissance que le roi lui avait accordée de plusieurs bénéfices, soit la transmission, à titre onéreux, de ces mêmes bénéfices.

Si l'on s'en rapporte en effet aux récits des rédacteurs de ses *Economies*, 1° Sully avait 45,000 livres de rentes (environ 200,000 de notre temps) en bénéfices, sous le nom de divers ecclésiastiques par lui choisis, et auxquels le roi en avait délivré des brevets, « tout cela, disent-ils, du su des papes, lesquels mêmes en faisaient, à la réquisition de Sully, expédier des bulles gratis; » 2° il retira 240,000 livres (environ un million de notre temps) de la cession des abbayes de Coulombs, Dujard, de L'Or et de L'Apsie, encore « du su du pape (au moins pour les cessions) avec expédition de bulles. » *Voy. Ibid., Tom. VIII, p.* 405, 412 *et* 413.

Mais comme les rédacteurs ne donnent pas d'autres détails sur ces approbations, nous ne pouvons savoir si Paul V, à peine élu pape depuis six mois à l'époque de la lettre de Sully (*Voy. ci-devant, p.* 316 *et* 323), était un de ceux qui avaient eu pour lui de semblables tolérances.

FIN.

www.ingramcontent.com/pod-product-compliance
Lightning Source LLC
Chambersburg PA
CBHW061611180626

46818CB00005B/2031